瑰 灿 夺 魄

珂 的 陶 艺 世 界

and Inspiring

's Ceramic World

艺苑奇葩——评唐珂现代陶艺作品

在世界文化史上，中国陶瓷艺术有着举足轻重的地位，在其漫长的发展历程中所形成的文化力量及成熟的技术条件，构成了一个完整的、独立的艺术体系，千年以来生生不息。尤其是元代以来，陶瓷艺术的发展表现出惊人的生命力。元代青花瓷、明代官窑器皿、清代各种彩绘瓷，在渐次发展中，迎来了一个又一个光辉的文化历程，在丰富与提升人们的生活品位的同时，也为中国的艺术史、文化史涂上了浓墨重彩的一笔！

进入20世纪80年代以后，在这个特定的历史时期，由于受到新艺术潮流的影响，尤其是西方现代艺术观念的冲击，文化界出现了诸多与传统的艺术形式全然不同的现象，一批青年艺术家敏锐地意识到一个新时代的即将到来，他们积极探索现代语境下的陶瓷艺术所应有的特性和形式法则，并借用色彩与造型将自己对现代观念与传统陶瓷的理解完整地传达出来，以期在对传统与现代的切换移植中寻求新的表现语言，开启属于这个时代的陶瓷语言的新形式。这种不同于以往的新现象，不仅改变了陶瓷生产的面貌，也开启了我国现代陶艺创作的新时期。

在这批青年学子中，陶瓷学院的青年教师唐珂即是其中一个佼佼者。唐珂毕业于湖北美术学院，2000年进入陶瓷学院工作后，积极从事现代陶艺形式及观念的探索与研究，到目前为止，唐珂的现代陶艺创研可分为两个阶段。第一个阶段是2000-2004之间的现代陶艺的造型设计，作品《初春的风》《机器时代》《舞蹈系列》《黑白系列》都是这个时期的代表性作品。这些造型新奇、极富个性的作品一经面世就给人们留下了深刻的印象，使人们认识到了一个探索精神很强的青年艺术家积极进取、锐意图新的艺术追求。在这些作品中，《初春的风》和《舞蹈》等经由多层次的形式处理准确把握了对象的整体造型，并经由结构的渐次变化，在传统美学风格与现代观念之间寻找结合点，突破了传统陶瓷创作中单一的结构表现，以明快的艺术手法传递出新的视觉形象，让人耳目一新。《机器时代》、《黑白系列》则以天骨开张的结构形式，纯粹而极致的色彩运用，拓展了陶瓷文化的语言内涵。作为个性化突出的艺术载体，其新颖的思想性、前卫的观念性在改变了人们对于陶瓷文化的固有认识的同时，也确立了作者在这一阶段所特有的个性化语言符号。

唐珂艺术之路的第二个阶段是始于2003年的釉料研制。随着研究深入，他深为釉色那变幻莫测的魅力所倾倒，领略到陶瓷釉色那种种玄秘诡异的奥妙，认识到色釉与窑火之间互补互融的魅力！他在短短数年之中研制出不少新的釉料，试烧各种试片达数万枚之多。这种成绩的取得，既是他高强度工作的热忱回报，同时也得益于他的一套科学而系统的研究方法。众所周知，釉料的研制是个过程艰辛、付出巨大而回报甚微的学科，没有执著的信念和毅力是难以持久的。但当一种新釉历经百次的实验最终成功，欣喜若狂的他以最痛快的方式宣泄情感，这一刻，所有曾经的艰辛付出都化为成功后的兴奋和激动。

　　面对多姿多彩、变化莫测的新釉料的实验成功；面对洋溢着浓郁的时代特征的斑斓釉色，无言的我们只能以沉默来平抑心中的震撼！通过这一件件瑰艳的作品，我们直接感受到的是一个桀骜不训的灵魂以自己的方式谱写着自己明丽的人生，一个强健的生命意识在这个浮躁的时代以静默隐忍的方式为我们文化的进步作出了实质性贡献！我们能够预言的是，唐珂的这一成果很快会成为一笔很大的社会财富，为当下整体陶艺文化品位的提升，将起到积极的推动作用！在唐珂的身上，我们看到了中国青年一代艺术家自信、敏锐、孜孜以求的开拓精神，看到了新一代艺术家为振兴民族艺术、发扬传统陶瓷文化所肩负的责任和作出的努力。

景德镇陶瓷学院名誉院长　教授　

2010年2月于上海

唐　珂

1975年2月生于河南上蔡县。

1995—1999就读于湖北美术学院美术学系，主攻艺术史、美学。

2007年获得文学硕士学位。

现今任教于景德镇陶瓷学院陶瓷美术学院，副教授。

在《美术观察》、《陶艺》、《艺术与设计》等10余家刊物上发表各类文章40余篇。

艺术活动：

2009年10月　《黄河花园口大记事》入选全国十一届美展

2009年10月　《黑白系列》全国第十一届美展江西省展优秀奖

2008年6月　《黑·白》江西省第五届青年美展银奖

2008年6月　《甲壳虫》江西省第五届青年美展优秀奖

2007年6月　《风语》景德镇陶瓷学院师生作品展，北京

2007年10月　《大禹治水》浮雕 获得湖北省美协、中国文化部第八届艺术节银奖

2006年9月　《变异的形》获第八届全国陶瓷创新评比优秀奖

2005年10月　《古风》入选台州首届城市雕塑展

2004年8月　《初春的风2》入选全国第十届美展

2004年1月　《安乐家园》入选2004年中国重庆·瓷器沙雕营

2003年10月　《舞之韵》获"中国第二届陶瓷艺术作品展"三等奖

2003年4月　《初春的风1》入选"韩国利川国际陶瓷艺术展"

2003年7月　《时代利器》获"中国福州首届国际雕塑展"优秀奖

2002年11月　《生命一号》获"江西省高校教师优秀作品"三等奖

2002年10月　《芽》获"七届全国陶瓷艺术设计创新评比"二等奖

2001年12月　《流光》获"上海工艺美术作品展"优秀奖

2001年11月　《复合装置》入选"第一届中国陶瓷艺术作品展"

Tang Ke

Born in February 1975, ShangCai, HeNan.

Learned at the Fine Arts department of HuBei Academy of Fine Arts from 1995 to 1999 and majored in art history,aesthetics.

Taught at Jing dezhen Ceramic Institute from 2000 to now.

Art Activities:

"Black .White" . awarded Jiangxi Province fifth Youth Art Exhibition Silver Prize.June. 2008

"Yellow River" . awarded China's Ministry of Culture Festival Silver Award at the eighth.2007

"Dancing Charm" awarded the third class prize of "the Second National Ceramic Art Works Exhibition" . December 2003

"Times・Edge Tool" Joined the China International City Sculpture Exhibition & Symposium (FuZhou 2003) and obtained the excellence award. July 2003

"Life (series one)" "the Second World Ceramic Art Exhibition" (Korea). April 2003

"The Wind of Early Spring" obtainded the third class award of "the Excellent Teachers' Works Exhibition of Jiangxi Colleges" . November 2002

"Bud" Joined "the Seventh National Ceramic Art Design and Innovation Appraisement through Comparison" and awarded the second class prize. December 2002

"Flow Time" Awarded in "the First Sichuan Ceramic Art Exhibition" . April 2002

"Light" awarded the excellence prize in "the Shanghai Industrial Art Works Exhibition" . December 2001

"Compound Fix" Joined "the First China Ceramic Art Works Exhibiton" . November 2001

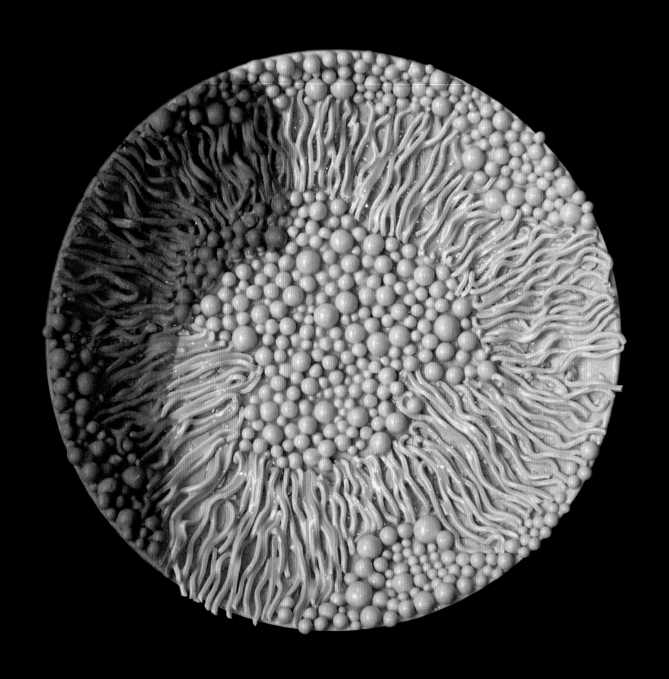

源·泉
Source·Spring
50cm×50cm×8cm
1330℃，还原气氛
2000年12月

过去的十多年，是中国现代陶艺发展的一个重要阶段，在传统与现代的嬗变中，在中外文化艺术的交融下，涌现出众多风格迥异的艺术派别来。在这种风潮的挟裹下，自己于2000年起投入到现代陶艺的创作中，并陆续推出系列作品《初春的风》、《佛影》、《舞蹈》、《机器时代》、《黑白系列》、《天罡》等。这些由浅尝辄止的尝试到苦心孤诣的研究，记录了自己艺术生涯中一段不同寻常的历程。

在对现代陶艺的探索中，立足于借用全新的造型语言来传递传统的文化精神，赋予现代艺术以古典的内蕴。基于此，从形态、构成、意境、色彩、烧成等不同层面进行探究，在辛苦而持久的劳作中，遂成就了这些形态各异的作品。

作为人类最可宝贵的文化资源，景德镇的千年历史创造了无数的辉煌时期，这些片段连缀在一起构成了人类文化史上最为光彩夺目的篇章，散发着永恒的魅力。时至今日，景德镇瓷器那丰富多样的造型、风格迥异的装饰依然是我们艺术创作的精神之源和动力之源，润物无声地影响着一批批艺术家的成长和发展，并最终在这个精彩纷呈的世界里开创出属于自己的一片天地。

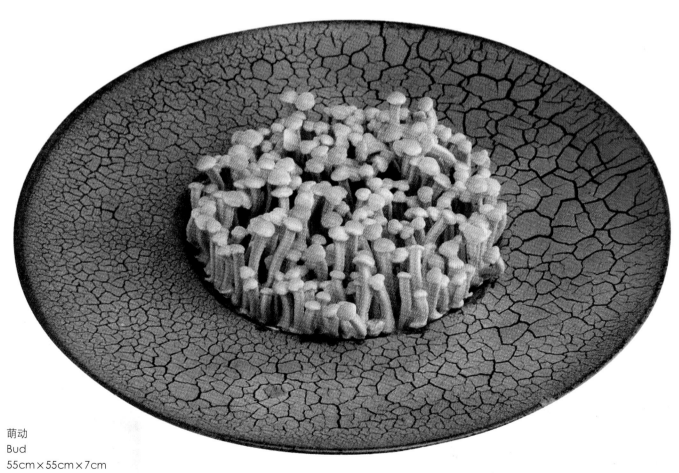

萌动
Bud
55cm×55cm×7cm
1330℃，还原气氛
2000年12月

初春的风1
Spring Wind NO.1
92cm×9cm×16cm
1330℃，还原气氛
2001年7月

初春的风2
Spring Wind NO.2
42cm×42cm×12cm
1330℃，还原气氛
2001年10月

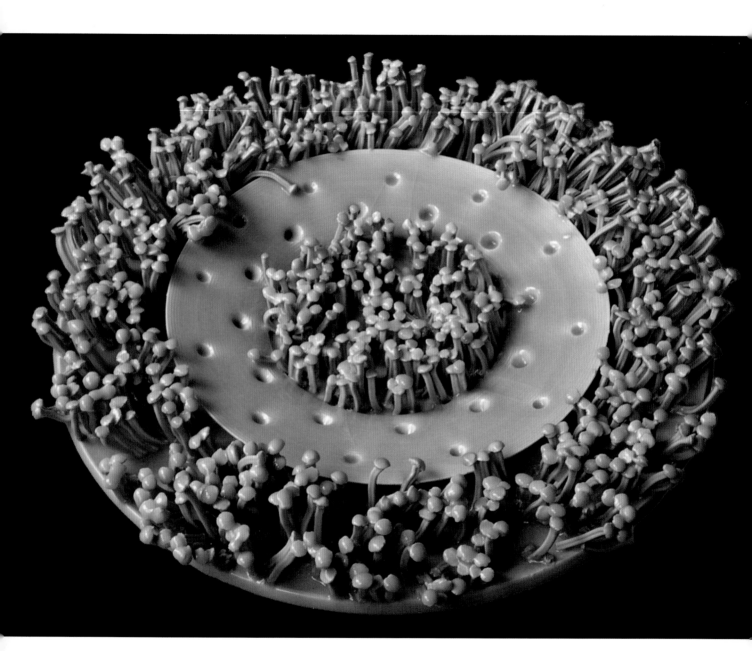

初春的风3
Spring Wind NO.3
88cm×90cm×15cm
1330℃，还原气氛
2002年5月

初春的风4
Spring Wind NO 4
92cm×91cm×16cm
1330℃，还原气氛
2002年7月

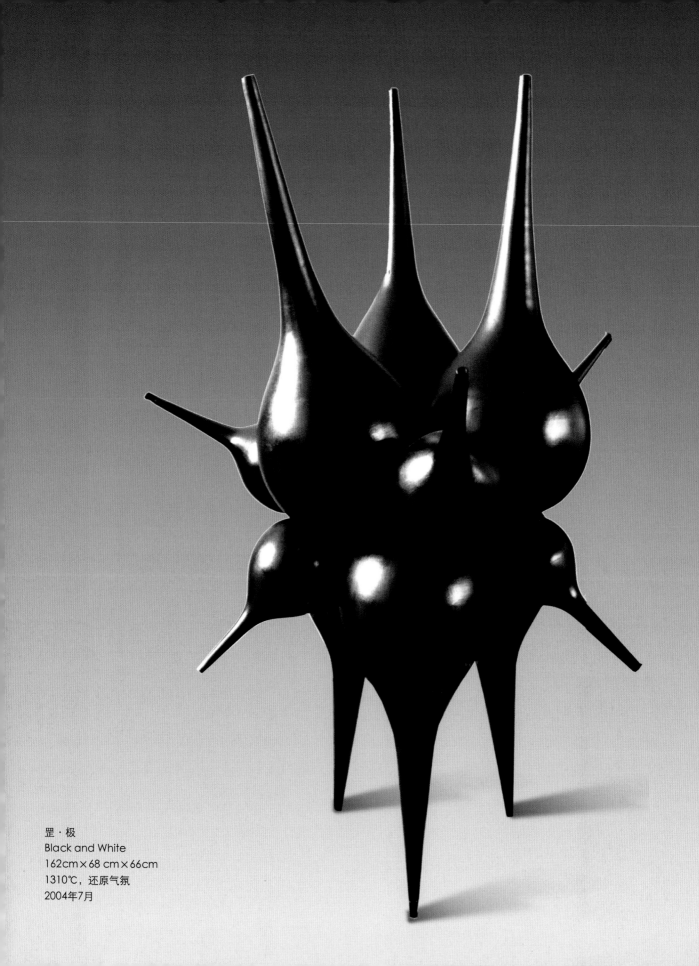

罡·极
Black and White
162cm×68 cm×66cm
1310℃，还原气氛
2004年7月

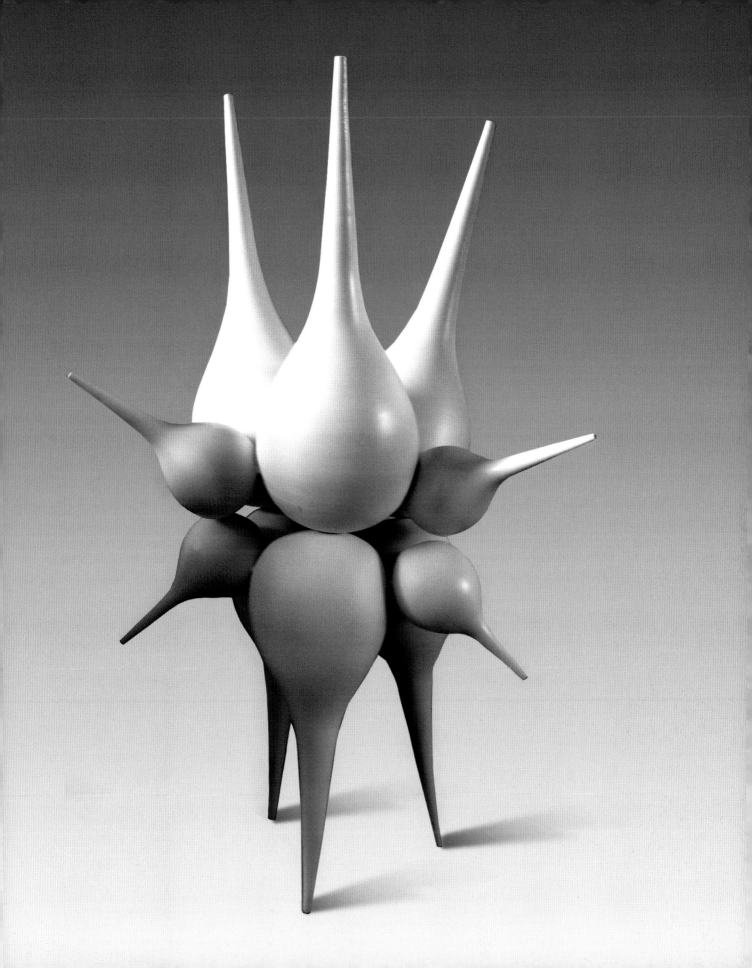

白垩纪
Cretaceous
36cm×18cm×10cm
1330℃，还原气氛
2005年7月

守望者
Antiquity
25cm×4cm×12cm
1330℃，还原气氛
2005年5月

佛光
Buddha
80cm×49cm×20cm
1330℃，还原气氛，低温彩绘
2006年8月

舞蹈系列1
Dance NO.1
148cm×77cm×72cm
1330℃，还原气氛
2004年6月

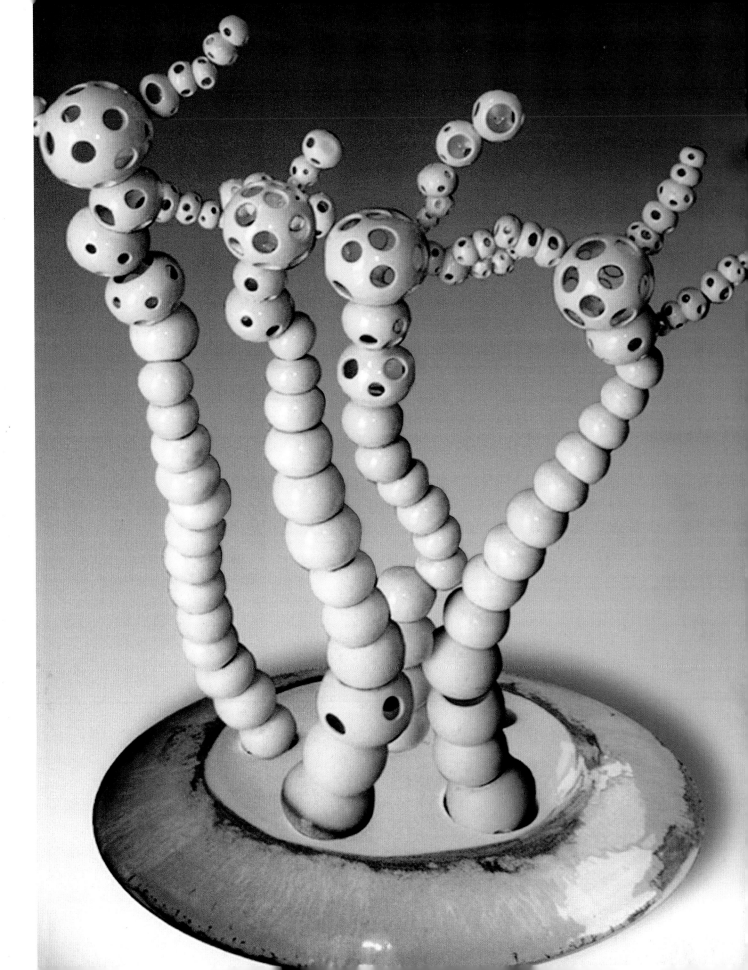

机器时代·Female
Machine Age · Female
128cm×56cm×19cm
1330℃，还原气氛
2004年

机器时代 · Male
Machine Age · Male
128cm×56cm×19cm
1330℃，还原气氛
2004年

机器时代2　Machine Age NO.2　146cm×55cm×58cm　1330℃，还原气氛　2005年

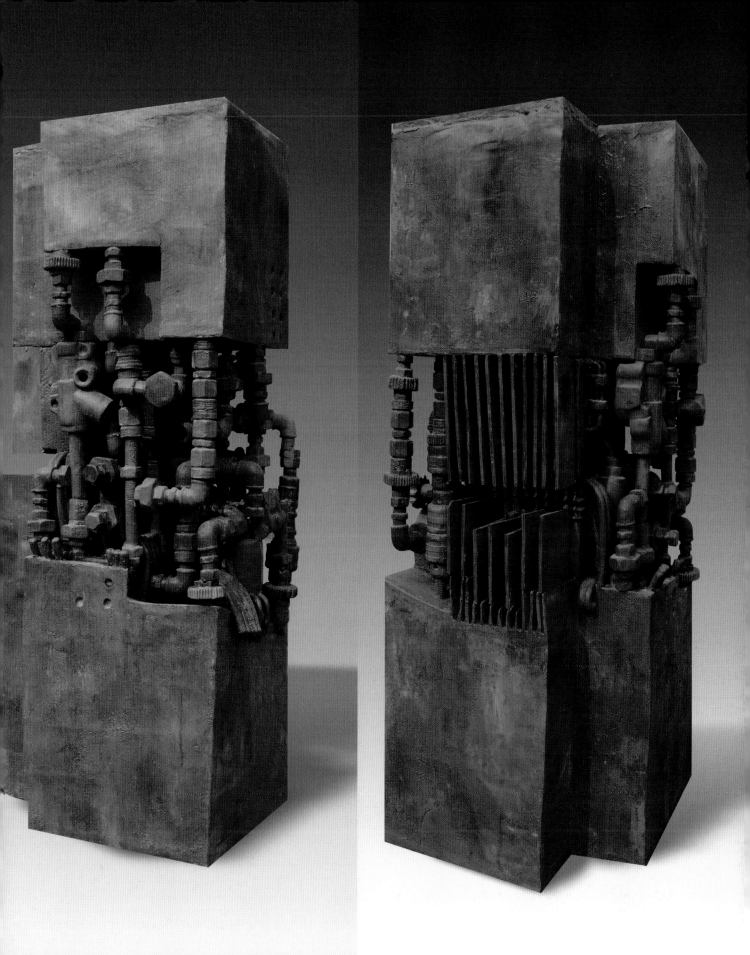

色釉一直是陶瓷艺术最重要的语素之一，她是在釉料与窑火互补互溶的作用下所出现的最为神奇和最富造化的现象。宋代油滴盏的深邃与灵动，明代鳝鱼黄的古雅与沉静；清代美人醉的华贵与流丽，这种典范之作不仅引导着古代陶瓷艺术走向一个又一个辉煌，其形质特征也成为今天我们界定陶瓷之美的终极标准。

在陶瓷釉色那种难以言传之美的引导下，遂潜心研制，忘乎所以。数年之中不仅重新试烧了我国历史上出现的各种色釉，并对此进行系统的分类、梳理。在此基础之上，根据自己的喜好对某些釉色做了进一步的深入探索，希望研制出属于这个时代的、与以往全然不同的釉色来，以期在前人的基础上走得更远！

本画册载录的只是个人3200余种色釉艺术中的极少部分，它们的出现，希望能为人们认识当代陶艺的多样性和广阔性提供一个新的视角，及对现代艺术的异质同构的形态演变有种新的理解。

彩练当空
Coloured Ribbons in the Sky
20cm×10cm×10cm
1310℃，还原氛围
2005年

疏萍春摇
The Duckweed in the River
20cm×10cm×10cm
1330℃，还原氛围
2004年

风秀宇炫
Mysterious Universe
26cm×18cm×18cm
1330℃，还原氛围
2004年
※拥有个人专利的色釉

龟尘陌甲
Cracking of the Land
26cm×18cm×18cm
1310℃，还原氛围
2004年

春溪野放
Spring Stream
20cm×10cm×10cm
1330℃，还原氛围
2006年

璋彩弥辉
Color Glaze
20cm×10cm×10cm
1330℃，还原氛围
2004年

花漫丘川
The River of Wild Flowers
26cm×18cm×18cm
1330℃，还原氛围
2006年
※拥有个人专利的色釉

绿源春凝
The Green Field
22cm×10cm×10cm
1310℃，还原氛围
2005年
※拥有个人专利的色釉

深海碧蓝
Deep Blue Sea
22cm×10cm×10cm
1330℃，还原氛围
2005年

碧苔赤逸
Grasslands Full of Hope
25cm×10cm×10cm
1310℃，还原氛围
2004年

唇点丹丝
Beautiful Red Lips
25cm×10cm×10cm
1310℃，还原氛围
2004年

丹壑泽丘
Red Earth of Prairie
22cm×10cm×10cm
1310℃，还原氛围
2004年

绿岩弥陵
Rock Moss
22cm×10cm×10cm
1310℃，还原氛围
2004年
※拥有个人专利的色釉

桃溪脂痕
Peach Blossom River
26cm×17cm×17cm
1330℃，还原氛围
2005年

叠嶂翠峰
Green Mountains
24cm×10cm×10cm
1310℃，还原氛围
2006年

明焯岚璞
Blue Hills
23cm×14cm×14cm
1310℃，还原氛围
2006年
※拥有个人专利的色釉

偎红倚翠
Red & Green Fusion
22cm×10cm×10cm
1330℃，还原氛围
2004年

胴辉霞影
Brown Glaze
22cm×10cm×10cm
1330℃，还原氛围
2005年

赤焰燎源
Burning Prairie
26cm×10cm×10cm
1330℃，还原氛围
2006年

漠壁迢遥
Romance of the Desert
22cm×10cm×10cm
1330℃，还原氛围
2004年

雪裹梅开
Plum and Snow
26cm×18cm×18cm
1310℃，还原氛围
2005年
※拥有个人专利的色釉

目曜穹天
Pearl of the Universe
26cm×10cm×10cm
1310℃，还原氛围
2005年
※拥有个人专利的色釉

花团锦簇
Brilliant Spring
26cm×18cm×18cm
1330℃，还原氛围
2005年
※拥有个人专利的色釉

鲜芳缀岸
Beautiful Flowers by the River
22cm×10cm×10cm
1330℃，还原氛围
2006年

畅乐激风
The Sky Lightning
22cm×10cm×10cm
1330℃，还原氛围
2004年

珠漫青磬
The Flowers in Jade
17cm×17cm×17cm
1310℃，还原氛围
2006年
※拥有个人专利的色釉

液相澄空
Yellow Crystal Flower
17cm×17cm×17cm
1310℃，还原氛围
2006年
※拥有个人专利的色釉

琮肌耀星
Flashing Stars
22cm×12cm×12cm
1330℃，还原氛围
2004年

蓝波潋滟
Blue River Flowing
26cm×10cm×10cm
1330℃，还原氛围
2005年

隽岫逸琅
The Clouds in Red Mountain
20cm×11cm×11cm
1330℃，还原氛围
2005年

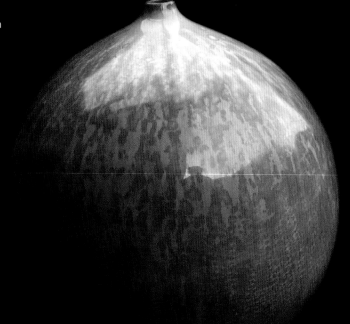

絮弥翠微
Flying Catkins
26cm×16cm×16cm
1330℃，还原氛围
2005年

鸿浪涌波
Color of the River
16cm×10cm×10cm
1330℃，还原氛围
2006年

莹珠璨燃
（Golden Glow of the Pearl）
20cm×11cm×11cm
1330℃，还原氛围
2005年
※拥有个人专利的色釉

烟染薄峦
Smoke Shrouded the Hills
26cm×18cm×16cm
1330℃，还原氛围
2005年

翠冷香炽
Sunset and Forest
26cm×16cm×16cm
1330℃，还原氛围
2005年

蒲芳缀空
Dandelion Flying
32cm×18cm×16cm
1330℃，还原氛围
2005年

褐韵灿晶
Brown Crystalline Glaze
32cm×22cm×16cm
1330℃，还原氛围
2005年

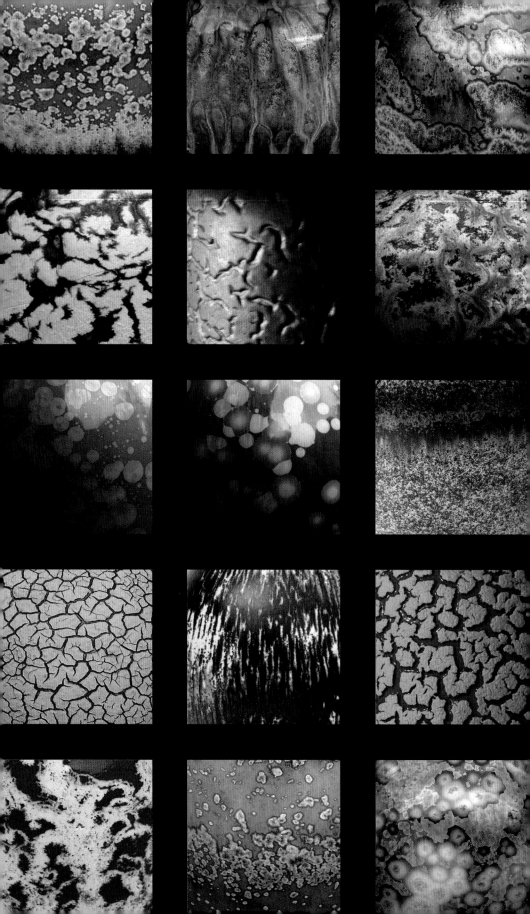

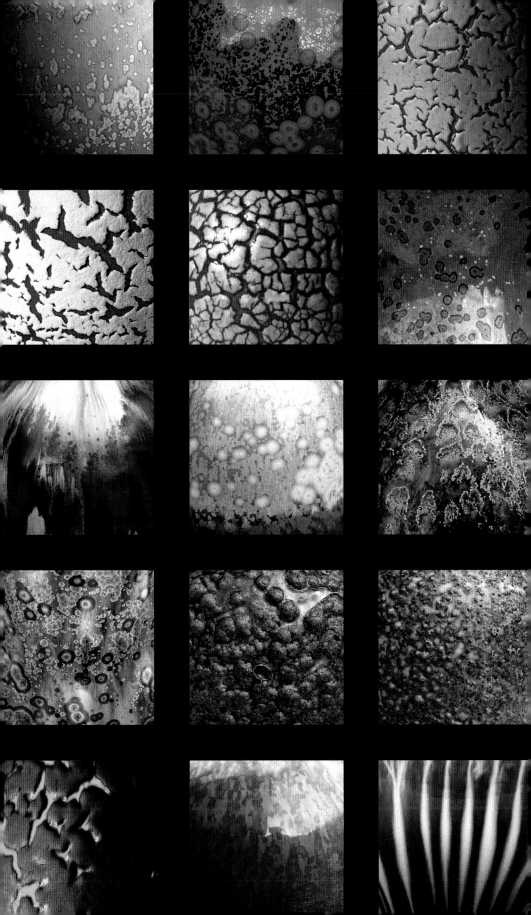

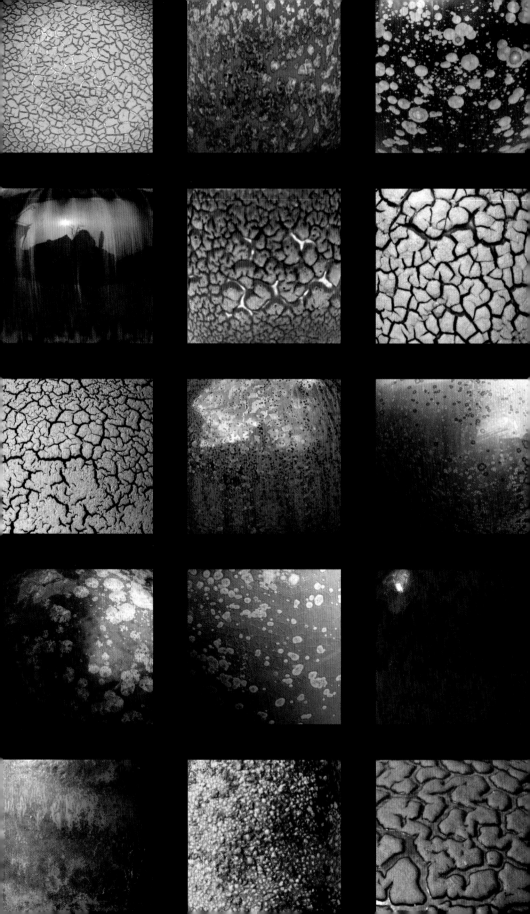

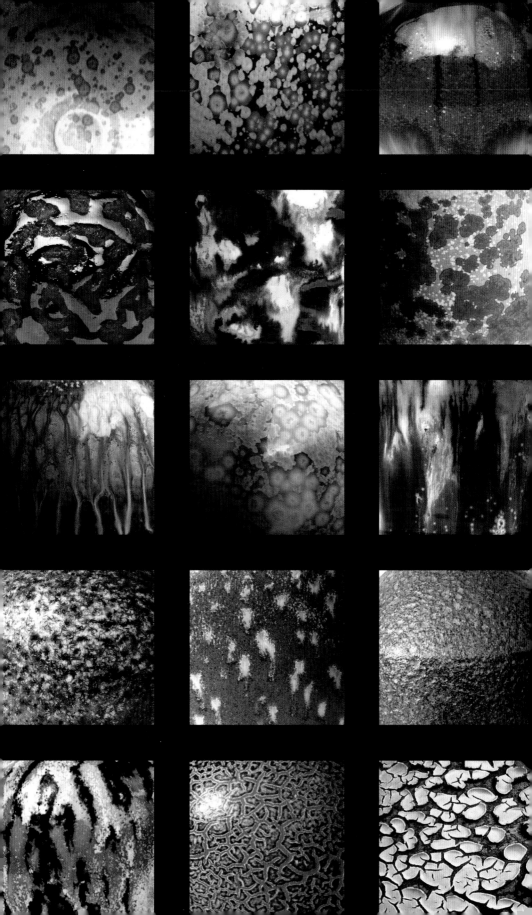

图书在版编目(CIP)数据

深度追踪中国当代实力派陶艺家／李砚祖主编.－南昌：江西美术出版社，2010.11

ISBN 978-7-5480-0447-9

Ⅰ.①深…　Ⅱ.①李…　Ⅲ.①陶瓷－工艺美术－作品集－中国－现代　Ⅳ.①J527

中国版本图书馆CIP数据核字（2010）第204401号

深度追踪中国当代实力派陶艺家
SHENDU ZHUIZONG ZHONGGUO DANGDAI SHILIPAI TAOYIJIA

出版发行：江西美术出版社
地　　址：南昌市子安路66号
网　　址：www.jxfinearts.com
E － mail：jxms@jxpp.com
经　　销：新华书店
印　　刷：深圳市森广源实业发展有限公司
开　　本：889mm×1194mm　1/16
印　　张：15
版　　次：2010年11月第1版
印　　次：2010年11月第1次印刷
印　　数：5000
书　　号：ISBN 978-7-5480-0447-9
定　　价：120.00元（全套五本）

赣版权登字—06—2010—265